푸른사상
동시선

36

의사 삼형제

푸른사상 동시선 `36`

의사 삼형제

인쇄 · 2017년 9월 15일 | 발행 · 2017년 9월 20일

지은이 · 방승희
펴낸이 · 한봉숙
펴낸곳 · 푸른사상사

주간 · 맹문재 | 편집 · 지순이 | 교정 · 김수란
등록 · 1999년 7월 8일 제2-2876호
주소 · 경기도 파주시 회동길 337-16
대표전화 · 031) 955-9111(2) | 팩시밀리 · 031) 955-9114
이메일 · prun21chanmail.net / prunsasangnaver.com
홈페이지 · http://www.prun21c.com

ISBN 979-11-308-1216-8   03810

값 11,000원

이 책은 한국문화예술위원회와 전남문화관광재단의 후원을 받아 제작되었습니다.

푸른사상
동시선

36

의사 삼형제

방승희 동시집

 푸른사상
PRUNSASANG

햇살 따슨 날, 바람을 쐬러 나갔다가 산골 마을 끝자락에 있는 작은 찻집에 이르렀어요. 찻집 유리창에는 장을 보러 간다는 쪽지만 붙어 있었지요. 발길을 돌리려는데 안채 쪽에서 고양이 소리가 들렸답니다.

냐옹~ 냐옹~

고양이 두 마리가 현관문 앞에서 저를 보고 있었어요. 한 마리는 점박이였고, 또 한 마리는 머리와 등 쪽에 얼룩무늬가 있었지요.

집 보고 있어? 냐옹!

둘이 친구야? 냐옹!

사이가 참 좋구나? 냐옹! 냐옹!

고양이들은 제가 보거나 말거나 서로 핥아 주고 쓰다듬느라 열심이었어요.

잠시 뒤 고양이들의 엄마인 찻집 주인이 돌아왔답니다. 귀에 익은 목소리를 들은 두 고양이는 엉덩이를 살짝 드는가 싶더니, 다시금 부비부비 다정하게 놀았어요.

"참 사이가 좋아 보여요. 아기 고양이들은 없나요?"

기대와 설렘 가득한 질문에 주인은 호호호 웃으며 대답했어요.

"저 아이들 남자애들이에요."

자신들 얘기하는 걸 눈치챘는지 고양이들 눈망울이 더 말똥말똥해졌

지요. 자세히 보니 점박이는 다리 하나가 없었어요. 사고로 다리 하나를 잃었대요. 시름에 잠긴 점박이에게 길냥이였던 얼룩이가 찾아와 친구가 되어 주었다는 거예요. 점박이는 그런 얼룩이에게 밥을 늘 양보한대요. 얼룩이는 또 그런 점박이가 고마워 상처 부위를 쓰다듬고 또 쓰다듬고…….

친구가 된다는 건 이런 것이겠지요. 구별하지 않고, 차별하지 않는 것이요. 상대가 누구든, 어떤 모습이든 아픔과 기쁨을 진심으로 함께 나눠야만 참다운 우정을 쌓을 수 있어요. 산골 마을 고양이들처럼요.

제 동시집이 우리 어린이들에게 이런 친구가 되었으면 좋겠어요. 꽃향기처럼, 새소리처럼 행복도 나눠 줄 수 있는 참 친구가 되었으면 정말 좋겠어요.

늘 첫 독자가 되어 주는 새롬, 새봄 두 딸과 예쁜 그림을 그려 준 마로현(광양)의 동네 친구들에게 고마움을 전합니다. 영혼까지 닮아 가는 물방울 동인들 많이많이 사랑합니다.

하늘에 별로 떠 있는 짝꿍 두비에게도 이 책이 전해지길 두 손 모읍니다.

2017년 햇살 좋은 날
방승희 드림

| 차례 |

제1부 밤나무가 낳은 알

6

제2부 난 애벌레야

제4부 조용한 대화

언제 깨어날까?

밤나무가 낳은 알

냉이의 말

끙!

냉이 한 뿌리
뽑으려다
뒤로 발랑 넘어졌다.

ㅡ까불지 마!
　난,
　겨울을 이겨 냈어.

문채원(광양 마동초 5학년)

앵초꽃

뒷산에서 온
분홍 앵초

주뼛주뼛 발돋움하더니
온종일
창밖만 바라본다.

보고 싶은가 보다
가고 싶은가 보다.

안개는

품이 참 넓다.

다리 위로
달려오는 차들을
하나하나 품더니

큰 다리를 통째
안았다.

고마워요

감 하나 주워 가요~
밤 하나 가져 가요~

산길에 떨어진
감, 밤 주우며 이모는
꼭 혼잣말을 한다.

고마워요! 고마워요!
꼬박꼬박 인사도 한다.

이모, 누구랑 말하는 거예요?
물으면
하늘 가리키며
저기 높은 분!

딱 떼그르르
바람에 떨어진
도토리 한 알 주우며

나도 큰 소리로

땡큐~
땡큐~~

구유연(광양 마동초 3학년)

벼꽃

소박한 꽃
귀한 꽃

세상에서
가장 맛있는 꽃

밥 짓는
엄마 닮은
하얀 꽃.

우유 한 모금

추운 날

창문 옆
산세베리아 꽃에게

"너도 마실래?"

따뜻한
우유 한 모금
나눠 줬어요.

아직

온몸으로 가꾼
낟알 다 내어주고도

할 일
남아 있는 듯

벼 밑동에
새순이 돋았다.

파릇
파릇
파릇.

지혜원(광양 마동초 2학년)

좋은 사이

억새들
겨드랑이
잘 봐 봐.

갈바람이
마구마구 간질이고 있잖아.

까르
까르
까르르 웃다가

함께 뒹구니까 좋잖아.
참 사이좋아 보이잖아.

목련꽃

한 입 베어 물고 싶다.

달콤한
아이스크림.

봄 · 2

쌀 한 줌
쑥 한 줌
고슬고슬 돌솥밥에

냉이
달래
참기름

쓱쓱 비벼
한 숟갈 떠 먹으면

입안 가득 퍼지는
쌉싸름한 봄.

서혜원(광양 마동초 2학년)

밤나무가 낳은 알

밤송이 속
삼형제

어깨 맞대고
새근새근

언제
깨어날까?

꽃눈

목련은 겨우내
조롱조롱
꼬마전구 걸어 놓고
봄을 기다린다.

양파의 꿈

— 물가꾸기를 보며

양파는 꿈을 꾼다.

물만 먹으며
창가에 살지만

찾아오는 친구는
바람뿐이지만

새순과 향기를
피워 올릴 꿈이 있어

단단한 몸 허물며
실뿌리에 힘을 모은다.

김성은(광양 마동중 3학년)

해

부우우~
부우우~

바다가
불어 놓은
빠알간 풍선.

서다윤(광양 마동중 3학년)

눈썹보다 작은 내가 뭘 어쨌다고!

제2부

난 애벌레야

쪼끄만 벌 한 마리가

윙윙~
잉잉~
앵앵~

눈앞이 아찔아찔
등골이 오싹오싹
온몸이 움찔움찔.

허성현(광양 광영고 1학년)

똥 먹는 거북이

뻘뻘뻘
귀엽다.

낼름 낼름
잘도 먹는다.

네 똥 내 똥
사이좋게
나눠 먹는다.

'꽃거북'
이름 참 예쁜데…….

난 애벌레야

날 보고
고함은 왜 지르니?

눈썹보다도 작은
내가 뭘 어쨌다고!

삽살개 부부

복순이는
길에 사는 길동이를 만나
제 밥그릇을 양보했습니다.

배고픈 길동이가
다 먹을 때까지
곁에서 기다렸습니다.

길동이는
새끼 낳은 복순이 먹으라고
밥을 그대로 남겼습니다.

젖 먹이는
복순이가 다 먹을 때까지
앞에서 기다려 줍니다.

곽재혁(광양 마동초 3학년)

경고

1. 내 집 앞을 지날 땐
   10미터 전부터 발소리를 낮춰 올 것

2. 웬만하면 대화는 중단하되
   꼭 필요할 땐 귀엣말로 할 것

3. 동정심이나 장난으로 주는 불량식품 사양함

4. 친하고 싶어 우리 아기 몸에 함부로 손대지 말 것

5. 몇 걸음 떨어져 보는 건 잠깐만 허락함.
   그 이상은 안 돼. 컹! 컹!

주인 백구

아기와 강아지

강아지야 이리 와.
내가 밥 줄게.

아기가 제 밥그릇에서
밥 한 술 떠
강아지 앞에 놓았습니다.

갸웃갸웃하던 강아지
방바닥의 밥을
핥아 먹기 시작했습니다.

아기도
엎드려
그릇의 밥을 핥습니다.

냠냠
냠냠냠.

가끔은

푸른 연잎 위에
개구리 한 마리

노래도 안 부른다.
친구도 안 부른다.

하늘 보며
꿈뻑 꿈뻑

가끔
저렇게 쉬고 싶은 거다.

김한결(광양 백운중 3학년)

강아지와 나

너
왜
아직도 똥오줌 못 가리니?

넌
왜
태권도 학원 다니면서
맨날 맞고 다니니?

김가애(광양 마동초 2학년)

순천만 갈대

청둥오리 수만큼
기러기 수만큼
저어새, 백조, 고니 수만큼
늘어난 그 가족 수만큼
처음 온 새들 수만큼

우우우……
와와와……

온몸 흔들어
환호하는
순천만 갈대.

어린이집 흰둥이

어른들 지나가면
점잔을 빼다가

빠앙~
노란 차 소리 나면

폴짝폴짝
뜀질하는 흰둥이

병아리 옷만 보면
좋아한다.

냉큼

지렁이 꼬옥 입에 문
개미 오형제
영차 영차 힘을 내지만

스르르 톡!
스르르 톡!

이마에 혹이
열 개쯤 달리겠다.

내 키보다 두 배나 높은 담
떨어지고
또 떨어지고

언제쯤 가나
담 너머 집

냉큼
옮겨 주고 싶다.

이다겸(광양 마동초 1학년)

부리워

야옹아!
넌 참 좋겠다.

침 몇 방울로
쓱쓱 눈곱 떼고

백설공주처럼
백조왕자처럼

감나무에
올라앉아
날 내려다보는

그 배짱
그 우아함.

김성은(광양 마동중 3학년)

밤벌레

알밤 속
애벌레

쬐그만 창으로
꼼질꼼질 내다보며

요기
요기가
내 집이지롱!

배추흰나비

나리꽃에
잠깐

초롱꽃에
잠깐

어쩜
나랑
꼭 닮았어요.

5분도 안 돼 엉덩이 들썩이는…….

거미 드림♥

한 올 한 올
씨실 날실로 엮어

새벽이면
방울방울 이슬꽃
매달아 놓지요.

바람도 쉬어 가고
노랑매미꽃 향기
머무르는 곳

흔들흔들
그네 태워 드릴게요.

놀러 오세요.
서둘러 오세요.

초대합니다.

김해수(광양 마동중 3학년)

숭어

파도가 쉼 없이
오선지를 그리면

통통
통통통
튀어오르는 숭어 떼

바다에 그려지는
4분음표
8분음표
은빛 음표들.

김강민(광양 백운고 2학년)

심장까지 빨개진 나만 빼고

제3부

도서관이 웃던 날

아빠의 아기

걸음~마
걸음~마

아빠는
다리 아픈 할머니 붙들고
걸음마 연습이다.

할머니 등을
꼬옥
껴안고

동네도 한 바퀴
시장도 한 바퀴.

박상현(광양 마동초 1학년)

처음 본 형아

내가 제일 좋아하는 큰누나가
결혼한다며 데려온 형

계집애 같은 뽀얀 얼굴로
떡국 한 그릇 홀랑 비우곤
"한 그릇 더 주세요."
헤벌쭉 웃는다.

"예! 예!"
아빠에겐 굽신굽신
"네가 막내구나!"
내 머리 마구 헝클어뜨리는

난 그 형아
맘에 안 들어, 칫!

아빠 없는 세상 · 1

달콤한 아이스크림
입안에 녹아도

보랏빛 제비꽃
날 보고 웃어도

시원한 바람
내 볼을 만져도

옆집 아저씨
칭찬을 해도

눈물 난다.

아빠 없는 세상 · 2

아빠랑 걸었던
들길 따라
산길 따라

꽃들이 핀다.
그리움이 핀다.

아빠 미소도
피어나고
아빠 목소리도
들려온다.

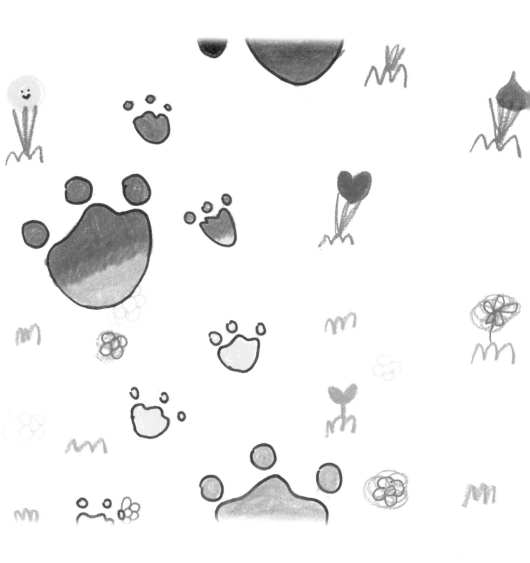

김해수(광양 마동중 3학년)

의사 삼형제

다리에 붕대를 칭칭 감은 아빠가
이마를 찡그리며 아들들을 바라봤다.

일곱 살
형석이가
아빠 어깨를 톡톡
"남자는 용감해야지요!"

다섯 살
서진이는
"내가 호오~ 해 줄게요!"

세 살
형진이는
"요기 아포?"
아빠 이마를 만져 준다.

문지현(광양 마동초 4학년)

노루는 어떻게 됐을까

눈이 우리 키만큼 오던 날
동네에서 가장 힘센 진성 삼촌이
노루를 잡아 오겠다며 눈길을 헤치고 집을 나섰다.
한 방이면 끝날 거라며
사람들은 가마솥에 물을 끓이고
밥 지을 쌀을 씻고
모두가 나눠 먹을 그릇을 날랐다.
점심때가 지나고
해가 뉘엿뉘엿 저물 때쯤
삼촌은 함박눈을 뒤집어쓰고 네 발로 대문을 밀며 들어왔다.
메고 올 거라는 노루는 꼬랑지도 보이지 않았다.
"아따! 요놈들이 가실에 뜀박질만 혔나 봐유.
산봉우리를 세 개나 넘어 겨우 잡았는디
아, 얼마나 무겁던지 산꼭대기 눈 속에 파묻어 놓고 왔당께요.
호랭이보다 더 커서 눈이 녹아야 가지러 갈 턴디……."
사람들은 그저 껄껄껄 웃으며
된장 푼 시래기국만 게 눈 감추듯 드시는 것이었다.

그날밤 뒷산 어디쯤

눈구덩이 속에 갇혔던 노루가 펄쩍 튀어올랐다.

휭~

컹~

산울림만 나지막이 흐르던 밤.

우리 엄마가

시든 꽃잎 같은
할머니에게
죽을 먹여 드립니다.

아~
엄마 아~
착하네
우리 엄마 착하네.

할머니 등을
토닥토닥 두드려 줍니다.

아기처럼 할머니도
엄마 품에 꼭 안겨
오물오물
호물호물.

문채빈(광양 마동초 1학년)

허허 고놈 참!

할아버지 진지 드세요
엄마가 갈비 했어요

오이냉국 잡숴 보세요
시래기 국물 잡숴 보세요

이가 안 좋아서
못 먹겠다던 할아버지

허
허
우리 손자 덕분에
밥 한 그릇 다 먹었네!

봄 · 1

노오란 산수유
귀에 꽂고

자전거 쌩쌩
내달리다가

선희 누나네 담장에서
휘~
휘~

휘파람 불어 대는
형.

따뜻한 날

할머니, 예솔이 이뻐?

고~롬!

별꽃보다
초롱꽃보다
더 이쁘지.

예솔아, 할미 이뻐?

응!

이따만큼
이~따만큼
이~~따만큼!

김하민(광양 마동초 2학년)

항복

출장 간 엄마가
메시지를 보냈다.

−아들, 날씨 추우니 옷 따뜻하게 입어.
  할 줄 알았지?
  네 맘대로 해. 이 청개구리야!

아침에 말대꾸 좀 했다고
또 삐치셨나?

−사랑해!

딱, 세 번이면
항복! 하실 거면서.

선물

엄지 검지
동그라미 만들어
엄마 새끼손가락에 끼워 주고요.

열 손가락으로
동그라미 만들어
아빠 손목에 채워 드려요.

쪽!
쪽!

내 볼에도
동그라미 두 개
그려졌어요.

할머니 쌈짓돈

할머니가 쥐어 준 지폐 한 장

아이스크림 사 먹고
게임방 갔더니 금세 없어졌다.

아빠 끌끌
엄만 한숨인데

"맛있드나?
그람 되았다!"

할머니는
빙그레 웃으셨다.

누나는 사춘기

내가 놀자면
쾅!
문 닫고

뭘 물어봐도
몰라도 돼!
쏘아붙이면서

친구랑은
코앞 학교 두고
같이 가자 약속한다.

속닥속닥
쑥떡쑥떡
꺄르꺄르 꺄르르
우리 누나 넘어간다.

심채은(광양 마동초 2학년)

79

도서관이 웃던 날

"일요일은
우리 가족 도서관 가는 날!"
새해 계획 선포하고

열람실 책상에서
끄덕~ 끄덕~
졸음과 씨름 중인 아빠

잠꼬대하면 어쩌지
코골이하면 어쩌지
안절부절못하는데

"짜장면 시키신 분!" 소리에
"네, 여기요!"
벌떡 일어난 아빠

심장까지 빨개진 나만 빼고

깔깔

킬킬

클클.

보청기가 필요해

할아버지 저예요.
응, 새롬이!
아니요, 새봄이!

그래, 새롬이 잘 지내지?
봄이라고요, 봄! 봄!
역시 우리 새롬이가 제일 낫다.
할애비한테 새롬이밖에 없다.

아…… 네!
저도 할아버지밖에 없어요.

김하늘(광양 마동초 3학년)

반갑다~ 맛있지~

제4부

조용한 대화

짝사랑

쉬는 시간
옆반 다윤이가 우리 교실로 왔다.
내 귀에는
다윤이 목소리만 들린다.
고개도 못 들고
나가지도 못하고

오줌 눠야 하는데 화장실도 못 갔다.

지혜원(광양 마동초 2학년)

같은 꿀빵인데

한 입 물고
아, 달다!
참 맛나네.

한 입 물고
너무 달다!
못 먹겠네.

달과 가로등

밤마다

기다리고

바라보고.

조용한 대화

하늘 닿을 듯 말 듯
지리산 골짜기

나는 주먹밥
다람쥐는 도토리

거북바위
촛대바위
하나씩 차지하고

반갑다~

맛있지~

곽재성(광양 마동초 6학년)

별표

중요한 글귀에
색연필로 줄을 긋고
별표를 그린다.

나도 누군가의
별표가 되고 싶다.

코코아 한 잔

500원 동전을 넣어
코코아 한 잔을 뺐다.

"쌤! 이거 드세요."

거스름돈 받아야 하는데
고장이 났다.

"세상에서 젤 맛있는 코코아
잘 먹었어!"

선생님이 활짝 웃었다.
못 받은 300원,
하나도 아깝지 않았다.

몰랑몰랑

무화과
인절미
군고구마도 몰랑몰랑

그래야
달콤하지
부드럽지
먹기 좋지.

생각도 마찬가지래.
네 생각도 몰랑몰랑
내 생각도 몰랑몰랑

그래야
마주 보지
다정하지
사이좋지.

김수빈(광양 마동초 6학년)

보슬비

슬
그
머
니

보슬……
보슬……

구름이 풀어 놓은
마음 주머니

김해수(광양 마동중 3학년)

부처님은 괴로워

— 타이베이 사원에서

떡, 과일, 꽃, 돈까지 쌓아 놓고
동양 사람 서양 사람 모두 기도한다

시험 합격하게 해 주세요!
건강하게 해 주세요!
부자 되게 해 주세요!

저 많은 나라 말
어떻게 알아들을까.

저 많은 부탁
언제 다 들어주나.

얼마나 힘든지
눈 내리깔고 졸고 계신다.

그것도 모르고
사람들 더 싹싹 빌며 기도한다.

오는 말 가는 말

"촌놈 안녕!"

서울에서 전학 온
희멀건 명철이가
히죽대며 첫인사를 했다.

"도시 놈 안녕!"

나도 삐죽거리며
인사했다.

혼자

딱-딱-
딱따구리 한 마리
참나무를 쫍니다.

탁-탁-
할아버지 혼자
비탈밭 참깨를 텁니다.

박시연(광양 마동초 1학년)

말조심

단추 달던 엄마가 정호를 부릅니다.

"바늘에 실 좀."

"네 엄만 할머니야? 실도 못 꿰⋯⋯."

친구 말 끝나기도 전에
꿀밤을 먹였습니다.

"아니야!
그냥⋯⋯ 우리 엄마야!"

아이스크림

누가 나에게
좋아하는 계절을 물으면

5초! 아니
1초 만에
겨울!
할 거예요.

보세요
겨울을 핥아 먹고
있잖아요.

이슬 세 방울

토란잎에
이슬 세 방울

또르르
한 방울은
청개구리

또르르
또 한 방울은
나팔꽃

나머지 한 방울은
참새 몫으로

또르르
남겨 둘래요.

박정호(광양 중마고 2학년)

추운 날

시린 손 호호
호빵 사러 갔습니다.

김이 모락모락
달콤한 팥내음

"맛있게 먹어라."

호빵집 아줌마
웃음까지 담아 줍니다.

내 얼굴에도 모락모락
달콤한 팥내음.

서다윤(광양 마동중 3학년)

동시 속 그림

문채원(광양 마동초 5학년)

구유연(광양 마동초 3학년)

지혜원(광양 마동초 2학년)

서혜원(광양 마동초 2학년)

김성은(광양 마동중 3학년)

서다윤(광양 마동중 3학년)

허성현(광양 광영고 1학년)

곽재혁(광양 마동초 3학년)

김한결(광양 백운중 3학년)

김가애(광양 마동초 2학년)

이다겸(광양 마동초 1학년)

김성은(광양 마동중 3학년)

김해수(광양 마동중 3학년)

김강민(광양 백운고 2학년)

박상현(광양 마동초 1학년)

김해수(광양 마동중 3학년)

문지현(광양 마동초 4학년)

문채빈(광양 마동초 1학년)

김하민(광양 마동초 2학년)

심채은(광양 마동초 2학년)

김하늘(광양 마동초 3학년)

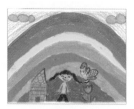

지혜원(광양 마동초 2학년)

곽재성(광양 마동초 6학년)

김수빈(광양 마동초 6학년)

김해수(광양 마동중 3학년)

박시연(광양 마동초 1학년)

박정호(광양 중마고 2학년)

서다윤(광양 마동중 3학년)

푸른사상
동시선

36

의사 삼형제